Vente du Vendredi 26 Décembre 1879.

HOTEL DROUOT, SALLE N° 3

PAR SUITE DE DÉCÈS

JOLIE COLLECTION

PORCELAINES ANCIENNES

DE LA CHINE

Émaux cloisonnés — Bronzes

Beaux Meubles

EXPOSITION PUBLIQUE

Le Jeudi (JOUR DE NOEL) **25 Décembre 1879**

DE UNE HEURE A CINQ HEURES

COMMISSAIRE-PRISEUR
M^e CH. PILLET
10, rue de la Grange-Batelière.

EXPERT
M. CH. MANNHEIM,
7, rue Saint-Georges

CATALOGUE

D'UNE COLLECTION

DE

PORCELAINES ANCIENNES

DE LA CHINE

Telles que : Vases, Potiches, Cornets, Bols, Jardinières, Plats, etc.,
à décors en émaux de la famille verte et de la famille rose, décors bleu, etc.
Pièces de fabrication exceptionnelle et autres du règne de Kien-Long ;
Emaux cloisonnés ; Bronzes ;
BEAUX MEUBLES CHINOIS en bois sculpté et laqué ;
DEUX BEAUX LITS CHINOIS en bois sculpté, enrichis de peintures.

DONT LA VENTE AURA LIEU PAR SUITE DE DÉCÈS

HOTEL DROUOT, SALLE N° 3

Le Vendredi 26 Décembre 1879,

A une heure et demie précise, la vacation étant très chargée.

Par le ministère de **Me CHARLES PILLET**, Commissaire-Priseur,
10, rue de la Grange-Batelière,

Assisté de **M. CHARLES MANNHEIM**, Expert,
7, rue Saint-Georges.

Chez lesquels se trouve le présent Catalogue.

EXPOSITION PUBLIQUE : le Jeudi (jour de Noël) 25 Décembre 1879

De 1 heure à 5 heures.

CONDITIONS DE LA VENTE

Elle sera faite au comptant.

Les adjudicataires payeront *cinq pour cent* en sus des enchères.

L'exposition mettant le public à même de se rendre compte de l'état des objets, il ne sera admis aucune réclamation une fois l'adjudication prononcée.

Paris. — Typ. Pillet et Dumoulin, 5, rue des Grands-Augustins.

DÉSIGNATION DES OBJETS

PORCELAINES DE CHINE

FAMILLE VERTE

1 — Cornet en ancienne porcelaine de Chine, décoré de rochers, d'arbustes et de fleurs en bleu, rouge et vert sur fond clathré rouge.

2 — Vase de forme analogue, à bandeau saillant, décoré de jetés de fleurs.

3 — Potiche en ancienne porcelaine de Chine, décorée de jeux d'enfants dans un paysage.

4 — Petit vase en forme de balustre, en ancienne porcelaine de Chine, décoré de lambrequins, de fleurs et de médaillons, sur fond à écailles rouges.

5 — Brûle-parfums en forme de cloche, décoré de dragons et portant des ornements.

6 — Deux potiches à couvercles, en ancienne porcelaine de Chine, décorées de fleurs et de chimères.

7 — Potiche analogue, décorée de dragons dans des nuages.

8 — Petite potiche à couvercle, décorée d'un sujet familier dans un paysage.

9 — Potiche en ancienne porcelaine de Chine, décorée de sujets familiers en émaux de la famille verte.

10-13 — Neuf potiches à décors variés, fleurs, personnages et ornements. Ce lot sera divisé.

14 — Deux vases de forme ovoïde, l'un décoré de dragons, l'autre de sujets familiers.

15 — Joli vase en forme de rouleau, en ancienne porcelaine de Chine, décoré en émaux de la famille verte, à sujet héroïque et ornements.

16 — Vase de même forme et de même qualité. Celui-ci est décoré d'une réception impériale et d'ornements, avec réserves d'attributs et paysage au col.

17 — Vase en forme de balustre à col évasé, en ancienne porcelaine de Chine, décoré de fleurs arabesques en émaux de la famille verte.

18 — Vase en forme de balustre, à panse légèrement ovoïde, en ancienne porcelaine de Chine, décoré d'arbustes, de fleurs et d'insectes en émaux de la famille verte.

19 — Vase en forme de balustre à col évasé, en ancienne porcelaine de Chine, décoré de lambrequins à fond rouge, relevé de fleurs arabesques réservées en blanc et feuillages émaillés vert. Il porte dans sa panse des Fong hangs et le signe de longévité et sur la gorge des armoiries en couleurs sur fond filigrané de rouge.

20 — Deux vases ovoïdes en vieux Chine, décorés de jeux d'enfants.

21 — Vase en forme de balustre à col évasé, en vieux Chine, décoré en émaux de la famille verte, à arbustes et fleurs.

22 — Vase analogue à celui qui précède.

23 — Joli petit vase à panse ovoïde et col rétréci évasé, en vieux Chine, décoré de fleurs, d'oiseaux et d'ornements en émaux de la famille verte.

24 — Grand plat rond décoré de branches de fleurs et de fruits en émaux de la famille verte.

25 — Petit plat rond à rosace au centre et compartiments de fleurs en émaux de la famille verte.

26 — Deux potiches en ancienne porcelaine de Chine, décorées en émaux de la famille verte à rochers, arbustes et oiseaux.

27 — Deux autres potiches décorées de faisans, d'arbustes et de rochers.

28 — Potiche à couvercle, décorée de jeux d'enfants dans un paysage et d'ornements.

29 — Autre potiche décorée de jeux d'enfants, mais plus petite.

30 — Vase en forme de balustre à goulot rétréci, décoré d'un sujet familier dans un paysage.

31 — Quatre petits compotiers ronds, décorés de personnages et de lanternes.

32 — Deux compotiers décorés de poissons et de plantes aquatiques.

33 — Deux bols décorés de dragons rouges et bordures à fond vert.

34 — Petit vase en forme de cornet, décoré d'un sujet familier dans un paysage.

35 — Deux potiches décorées de larges fleurs et d'oiseaux en émaux de la famille verte.

36 — Potiche en ancienne porcelaine de Chine, décorée de sujets familiers.

37 — Deux potiches en ancienne porcelaine de Chine, décorées de chimères et de nuages sur fond filigrané rouge.

38 — Cornet à panse renflée, décoré de fleurs et d'oiseaux.

39 — Deux jardinières à large ouverture, décorées de dragons.

40 — Jardinière analogue, mais plus grande.

41 — Trois petits pots décorés en émaux de la famille verte, à personnages et fleurs.

42 — Petit vase en forme de rouleau, décoré de figures dans un paysage, en émaux de la famille verte.

43 — Deux pitongs de décor analogue.

PORCELAINES DE CHINE

FAMILLE ROSE

44 — Vase en forme de rouleau en ancienne porcelaine de Chine, décoré d'un sujet héroïque. Famille rose.

45 — Vase de même forme, décoré de branches de pivoines. Famille rose.

46 — Vase de forme analogue, décoré d'un groupe de figures mythologiques.

47 — Potiche à couvercle en ancienne porcelaine de Chine, décorée d'un sujet héroïque et d'ornements en émaux de la famille rose.

48 — Petit vase en forme de balustre, décoré de pivoines et de grenades.

49 — Jardinière hexagone décorée de fleurs en émaux de la famille rose.

50 — Potiche à couvercle en ancienne porcelaine de Chine, à décor en émaux de la famille rose, à attributs, lambrequins et ornements.

51 — Deux vases en forme de balustre, décorés de personnages dans des paysages.

52 — Petit vase ovoïde, forme dite pot à tabac, décoré d'un sujet familier.

53 — Petit vase de forme surbaissée, à couvercle plat, décoré de sujets familiers.

54 — Plat rond et creux, décoré d'un paysage et d'ornements.

55 — Jardinière de forme surbaissée, décorée de dragons, de fleurs arabesques et d'ornements sur fond jaune.

56 — Deux suspensions jardinières, en forme de plats, à bords festonnés décorés de fleurs.

57 — Vase rouleau à gorge rétrécie, décoré de fleurs.

PORCELAINES DE CHINE

DÉCOR BLEU

58 — Vase en forme de cornet à panse renflée, en ancienne porcelaine de Chine, décor bleu à lambrequins et ornements.

59 — Vase en forme de balustre et col évasé en ancienne porcelaine de Chine, décor bleu à paysages et oiseaux.

60 — Vase en forme de balustre, à ouverture large, décor bleu à paysage et animaux.

61 — Vase en forme de balustre, de décor analogue.

62 — Vase en forme de balustre décoré d'un paysage en bleu.

63 — Deux brûle-parfums à panse sphérique et à deux anses en S, à décor bleu.

64-67 — Huit cornets à bandeau saillant et à décor bleu paysages et personnages. Ce lot sera divisé.

68-69 — Trois vases en forme de balustre, à décor bleu, l'un d'eux à dragons, l'autre à sujet familier.

70-71 — Trois vases en forme de rouleau, à décor bleu, à figures et paysages.

72 — Deux jardinières rondes à décor bleu, paysages et animaux.

73 — Deux coupes sur piédouche, décorées de fleurs arabesques et de rosaces en bleu sur blanc.

74 — Boîte octogone à décor bleu, fleurs et oiseaux.

75 — Deux paires de petits cornets à décor bleu.

76 — Petite bouteille décorée de fleurs arabesques bleues.

77 — Deux petits vases de forme sphérique, décor bleu à dragons.

78 — Jardinière oblongue à décor bleu, paysages; sur pied en bois.

79 — Vase en forme de balustre carré, à angles coupés, décor bleu à ornements.

80 — Huit petites tasses présentoirs à décor bleu.

81 — Deux jardinières rondes à décor bleu, l'une à personnages, l'autre à fleurs et ornements.

82 — Petit vase en forme de balustre, à décor bleu, paysages.

83 — Grand bol, décor bleu à fleurs arabesques.

84 — Jardinière ronde et profonde, décorée de sujets familiers et de fleurs, le tout en bleu.

85 — Jardinière analogue à celle qui précède.

86 — Jardinière plus grande, décor bleu à paysages.

87 — Coupe ménagère à sept places, décor bleu.

88 — Deux petites coupes rondes, décor bleu à attributs.

89 — Cornet de forme surbaissée, à décor bleu.

90 — Deux autres cornets de même forme, mais plus petits.

91 — Bouteille décorée de dragons bleus et de nuages.

92 — Grand bol, décor bleu à fleurs.

93 — Petit vase ovoïde, décor bleu à fleurs. sur fond marbré.

94 — Vase en forme de balustre, à ouverture large, décor bleu à fleurs et oiseaux.

95-96 — Quatorze bols à décors variés en bleu et de diverses dimensions.

97 — Cinq petits vases de formes variées à décor bleu.

98 — Quatre pièces à décor bleu : deux petits vases ovoïdes et deux gobelets.

PORCELAINES DE CHINE

FABRICATIONS EXCEPTIONNELLES

99 — Vase en forme de balustre en porcelaine de Chine, à deux anses découpées et à ornements gaufrés sous émail bleu empois.

100 — Potiche à couvercle, en porcelaine blanche de Chine gaufrée à fleurs, oiseaux et ornements en relief.

101 — Vase en forme de bouteille, à long col droit, en porcelaine de Chine, décoré de rochers, de pivoines et d'oiseaux en rouge de cuivre.

102 — Deux vases en forme de gourde à deux anses, en porcelaine de Chine, décorés à l'imitation du bronze.

103 — Vase en forme de balustre, à deux anses chauve-souris en porcelaine blanche gaufrée à ornements.

104 — Très grand et beau vase en forme de balustre, à deux anses en porcelaine de Chine, décoré d'arbustes et d'ornements en bleu et rouge de cuivre.

105 — Porte-pinceaux à cinq pointes, en céladon bleu turquoise.

106 — Grand vase en forme de rouleau, en ancienne porcelaine de Chine, fond bleu fouetté et décor d'or à paysage.

107 — Vase en forme de bouteille, à goulot renflé et à anses en porcelaine craquelée gris, à bandes d'ornements réservés en brun.

108 — Deux jardinières de forme hexagone, décorées de fleurs sur fond bleu d'eau.

109 — Deux vases de forme surbaissée à col évasé, en céladon bleu turquoise uni.

110 — Vase de même forme émaillé jaune nankin.

111 — Petit vase, en forme de balustre en porcelaine craquelée gris et bandes d'ornements réservés en brun.

112 — Vase en forme de balustre décoré de figures d'enfants sur fond soufflé bleu et rosé.

113 — Quatre plateaux décorés à l'imitation des laques rouges de Pékin.

114 — Coupe vide-poche, formée de deux chauve-souris rouges.

115 — Vase en forme de balustre, à double losange et à deux anses, en céladon bleu turquoise.

116 — Trois petites coupes rondes en céladon bleu turquoise.

117 — Bouteille en porcelaine de Chine, flambée bleu et violet.

118 — Théière en terre de Boccaro soufflée bleu.

119 — Vase ovoïde émaillé gris.

120 — Vase forme bouteille, émaillé bleu uni.

PORCELAINES DE CHINE

DU RÈGNE DE KIEN-LONG

121 — Vase en forme de balustre, en porcelaine de Chine à fond rouge, relevé de fleurs arabesques dorées et à médaillons de paysages émaillés en couleurs.

122 — Vase analogue à celui qui précède. Celui-ci est décoré de fleurs.

123 — Très grand et beau vase en forme de balustre, à deux anses en porcelaine de Chine à fond bleu rehaussé de dorure et à médaillons de paysages et sujets familiers.

124 — Grande jardinière ronde et profonde, décorée de fleurs arabesques en couleurs.

125 — Sept supports ou lampes sur pied à ailerons décorés de fleurs arabesques et ornements en émaux de couleurs. Ce lot sera divisé.

126 — Deux vases en forme de bouteille, en porcelaine de Chine, décorés de fleurs arabesques émaillées en couleurs sur fond vert clair.

127 — Vase en forme de bouteille à panse sphérique, en porcelaine de Chine, décoré de pêchers garnis de fruits, le tout émaillé en couleurs.

128 — Garniture de cinq pièces : brûle-parfums à trois pieds et à deux anses surélevées, flambeaux à larges plateaux ronds et cornets, en porcelaine de Chine, décorés de fleurs arabesques en émaux de couleurs sur fond rose. Sur socles en bois de fer.

129 — Brûle-parfums sphérique sur pied à consoles, en porcelaine de Chine, décoré de fleurs arabesques sur fond varié de nuances jaune et vert.

130 — Théière de forme surbaissée à quatre lobes en porcelaine de Chine, décorée de fleurs sur fond bleu.

131 — Deux vases en forme de bouteille, décorés de fleurs arabesques, de chauve-souris et d'ornements.

132-133 — Deux paravents formés de six feuilles garnies de plaques de porcelaine, décorées de paysages et de fleurs.

134 — Deux petits vases ovoïdes à couvercles, décorés de dragons verts.

135 — Vase en forme de bouteille, décoré d'ornements sur fond jaune.

136 — Deux vases en forme de balustre, décorés d'arabesques en couleurs.

137 — Paire d'éléphants en porcelaine de Chine, décorés en couleurs et supportant des petits vases en émail cloisonné. Fabrication impériale.

138 — Paire d'éléphants analogues mais plus petits.

139 — Autre paire d'éléphants encore plus petits.

140 — Cuvette ronde décorée d'un sujet familier et de fleurs arabesques sur fond bleu et rose.

141 — Coupe ronde sur pied ovale, décorée de fleurs sur fond vert.

142 — Service de table, composé d'environ cent quatre-vingts pièces ayant toutes la forme d'une demi-pêche, emblème de la longévité.

143 — Bouteille à long col renflé à sa partie supérieure, décorée de jeux d'enfants dans un paysage.

144 — Deux vases à panse octogone aplatie et à col décoré de fleurs.

145 — Trois bols décorés de dragons gravés émaillés vert sur fond jaune.

146 — Brûle-parfums à panse sphérique et à deux anses en S, décoré de fleurs arabesques.

147 — Deux vases en forme de balustre, décorés de dragons rouges et de fleurs arabesques émaillés en couleurs sur fond vert d'eau.

148 — Bouteille décorée de fleurs sur fond blanc.

149 — Six petits bols décorés de dragons gravés émaillés violet sur fond vert.

150 — Trois vases en forme de bouteille, en porcelaine de Chine émaillée rouge haricot.

PORCELAINES DU JAPON

151 — Fort cornet en ancienne porcelaine du Japon, à riche décor en bleu rouge et or.

152 — Plat rond, décoré de compartiments de fleurs et de fruits en bleu rouge et or.

ÉMAUX CLOISONNÉS & PEINTS

153 — Joli brûle-parfums de forme surbaissée et à trois pieds bas en ancien émail cloisonné de la Chine, à fleurs sur fond bleu turquoise.

154 — Coupe ronde en ancien émail cloisonné de la Chine, décorée de fleurs et d'oiseaux sur fond bleu.

155 — Neuf bols en cuivre émaillé, décorés de paysages sur fond blanc. A l'intérieur, des chauve-souris, des fleurs et des nuages.

BRONZES

156 — Joli petit brûle-parfums en bronze, taché d'or et incrusté de pierreries, à anses et pieds formés de têtes d'éléphants et à couvercle repercé à jour, surmonté d'un éléphant couché.

157 — Petit vase en forme de balustre en bronze, ciselé à dragon et ornements et doré.

158 — Brûle-parfums, formé d'un fruit reposant sur trois pieds et à anses lézards.

159 — Brûle-parfums en bronze, formé d'une statuette de Confucius assis sur un cerf.

160 — Joli petit vase en bronze en forme de balustre, à ornements en relief et enrichi de pierres incrustées.

161 — Petit brûle-parfums de forme surbaissée à anses dragons.

162 — Deux petites statuettes debout sur des rochers en bronze.

163 — Flambeau à tige à balustre et à trois pieds, têtes chimériques.

164 — Quatre petits groupes en bronze, formés d'enfants et d'animaux.

FOURRURE

165 — Pardessus d'homme en fourrure (chat sauvage noir).

MEUBLES

166 — Grand et beau lit chinois en bois sculpté, à figures, paysages et ornements, laqué rouge et rehaussé de dorure. Il est enrichi de panneaux en gaze peinte à sujets familiers en couleurs. Il se compose du lit proprement dit et d'une sorte d'alcôve précédant ledit.

167 — Lit analogue à celui qui précède.

168 — Beau meuble fermant à deux portes, entièrement couvert de belles sculptures en haut relief, représentant des sujets de bataille, des dragons, des fleurs et des ornements variés. Il est laqué en rouge et couleurs et rehaussé de dorure. Beau travail.

169 — Deux jolis meubles étagères en bois de fer, enrichis de plaques de jade représentant des rosaces, des fleurs et des papillons, et garnis d'encadrements et d'appliques en ancien émail cloisonné de la Chine.

170 — Table basse carrée, en bois laqué noir, enrichie d'incrustations de nacre de perle.

171 — Deux tabourets ou supports carrés à quatre pieds en laque incrusté de nacre.

172 — Deux tabourets semblables à ceux qui précèdent.

173 — Paravent composé de trois feuilles, sculptées et laquées à fleurs et oiseaux en couleurs, sur fond noir et ornements dorés.

www.ingramcontent.com/pod-product-compliance
Ingram Content Group UK Ltd.
Pitfield, Milton Keynes, MK11 3LW, UK
UKHW022153260726
13993UKWH00005B/2334